雪女の家
おけら山
ちくちく森
おおかみ男の家
ひりひり滝
ぬるぬる池
かたかた橋
にこにこぷんぷんめそめその花畑
ぞくぞく劇場
美術館
ぞくぞく小学校

ぞくぞく村の

魔《ま》法《ほう》少《しょう》女《じょ》カルメラ

末吉暁子・作　垂石眞子・絵

満月《まんげつ》の夜《よる》です。

ぞくぞく村《むら》のおばけかぼちゃ畑《ばたけ》では、ちびっこおばけたちが、かくれんぼしています。

おにになったピーちゃんが、べろべろの木《き》の上《うえ》で、十数《かぞ》えているあいだに、グーちゃんとスーちゃんは、おばけかぼちゃの中《なか》にもぐりこみました。

「もういいかーい？」

「もう、いいよー！」

そのときです。
とつぜん、空《そら》から、なにかが、バサバサ、ふらふらと
落《お》っこちてきたかと思《おも》うと、

おばけかぼちゃをはねとばして、かぼちゃ畑《ばたけ》についらくしました。

空中高《くうちゅうたか》くはねとんだおばけかぼちゃの中《なか》から、
グーちゃんとスーちゃんが飛《と》びだしました。

ちびっこおばけたちは、
かぼちゃ畑《ばたけ》にひっくりかえっている、
へんてこな生《い》き物《もの》にかけよりました。

「あ、かぼちゃ、けちらしちゃって、
ごめんなさい。」
そこにいたのは、
ちびっこおばけたちが
見《み》たこともない、
きみょうな女《おんな》の子《こ》でした。

体《からだ》の右半分《みぎはんぶん》は、赤《あか》い髪《かみ》をなびかせ、
赤《あか》い目《め》をした、おとうふのように白《しろ》いはだの
女《おんな》の子《こ》。左半分《ひだりはんぶん》は、はちみつ色《いろ》のはだに、
黒《くろ》い髪《かみ》のおかっぱ頭《あたま》。右側《みぎがわ》の背中《せなか》だけに、
こうもりのつばさが生《は》えていました。
女《おんな》の子《こ》がつばさをひとふりしたとたん、
こうもりのつばさは、黒《くろ》いマントに変《か》わりました。
「はじめまして！　あたし、カルメラ。」
にっこりわらってそう言《い》うと、
右《みぎ》の口《くち》もとからだけ、
ニュッと、きばがのぞきました。

ちびっこおばけたちは、
ぎょっとしたように
顔《かお》を見《み》あわせてから、
言《い》いました。
「あ、あたしは、ちびっこおばけの
グーちゃん、グ！」
「あたしは、スーちゃんッス！」
「あたしは、ピーちゃん、ピ！」
「三人《にん》そろって、
グー・スー・ピーよ。
よろしくね。」

「よろしくね！　あたし、お母《かあ》さまが、新《しん》こん旅行《りょこう》に
行《い》っているあいだ、ドラキュラ城《じょう》にホームステイしてるの。
あ、あたしのお母《かあ》さまは、あの有名《ゆうめい》な吸血女《きゅうけつおんな》カーミラよ。」
カルメラは、右《みぎ》の口《くち》もとからきばをのぞかせたり、左《ひだり》のほおに
えくぼを浮《う》かばせたりと、ころころ表情《ひょうじょう》を変《か》えながら、言《い》いました。

ちびっこおばけたちは、
口《くち》をあんぐり開《あ》けたまま、
うなずきました。
「あたしの右半分《みぎはんぶん》は、お母《かあ》さまににて、
左半分《ひだりはんぶん》は、お父《とう》さまににてるの。
お父《とう》さまは東洋人《とうようじん》だから……。
あ、でも、あたしが小《ちい》さいときに
なくなってしまったけど……。」
ちびっこおばけたちは、まだ、
口《くち》をあんぐり開《あ》けたまま、
うなずきました。

「あたし、お母《かあ》さまみたいなりっぱな吸血女《きゅうけつおんな》になるために、修行中《しゅぎょうちゅう》なの。でも、まだうまくこうもりに変身《へんしん》できなくて、かぼちゃ畑《ばたけ》についらくしちゃった。うふっ、ごめんなさい。」

ちびっこおばけたちは、やっぱり、口《くち》をあんぐり開《あ》けたまま、うなずきました。

「お母《かあ》さまがむかえにくるまでには、なんとかりっぱな吸血女《きゅうけつおんな》にならなくちゃ。」

カルメラはそう言《い》うと、足《あし》もとのおばけかぼちゃを手《て》に取《と》って、いきなり、カプ！　と、きばをつきたてました。

ちびっこおばけたちはびっくりして、
「グワ！」「スカ！」「ピー！」
と飛《と》びのきました。
おばけかぼちゃには、
えんぴつのしんで
つついたようなあなが
ひとつだけあきました。
それを見《み》たカルメラは、
がっかりしたように言《い》いました。
「あーん、やっぱり、きばが一本《ぽん》しかないとだめね。」
すると、ちびっこおばけのグーちゃんが、おずおずと言《い》いました。

「あのう、歯医者《はいしゃ》さんなら、
ぞくぞく村《むら》にもあるから、
もう一本《ぽん》、きばを
つけてもらったら？」

「でも、歯医者《はいしゃ》さんは、
満月《まんげつ》の夜《よる》には
おおかみ男《おとこ》に
変身《へんしん》するから、
お休《やす》みッス！」
すかさず、
スーちゃんは
言《い》いました。

「よかったッピ！
この子《こ》にふたつも
きばがついたら、
あたしたちだって、
かみつかれちゃうかも……。」
ピーちゃんが、
ほっとしたように言《い》うと、
「だいじょうぶ！
あたしたちはおばけだから、
血《ち》がないッス。」
と、スーちゃん。

カルメラは、ふいに
しゃがみこんだかと
思《おも》うと、右《みぎ》の目《め》からだけ、
赤《あか》いなみだをこぼして
なきだしました。
「ああ、あたしって、
やっぱりだめな子《こ》。
こうもりに
変身《へんしん》しようとしても、
右半分《みぎはんぶん》しかこうもりに
ならないし……。

グスン。ほんとは、
血《ち》だって好《す》きじゃないの。
その上《うえ》、こんなちっこいきばが
一本《ぽん》しかないんじゃ、
りっぱな吸血女《きゅうけつおんな》になるのは、
とてもむりよね。あーん。」

「なんだか、かわいそう、ピー！」
「なんとかしてあげられないッス？」
「グー！　そうだわ。歯医者《はいしゃ》さんが
だめなら、魔女《まじょ》のオバタンのところに
行《い》ってみようか！」

「魔女《まじょ》のオバタン？」

カルメラがきょとんとしていると、ちびっこおばけたちは、声《こえ》をそろえていいました。

「あたしたちが、つれてってあげる！」

ちびっこおばけたちは、カルメラをつれて、ふわんふわんふわんと、ぐずぐず谷《だに》の方《ほう》へ飛《と》んでいきました。

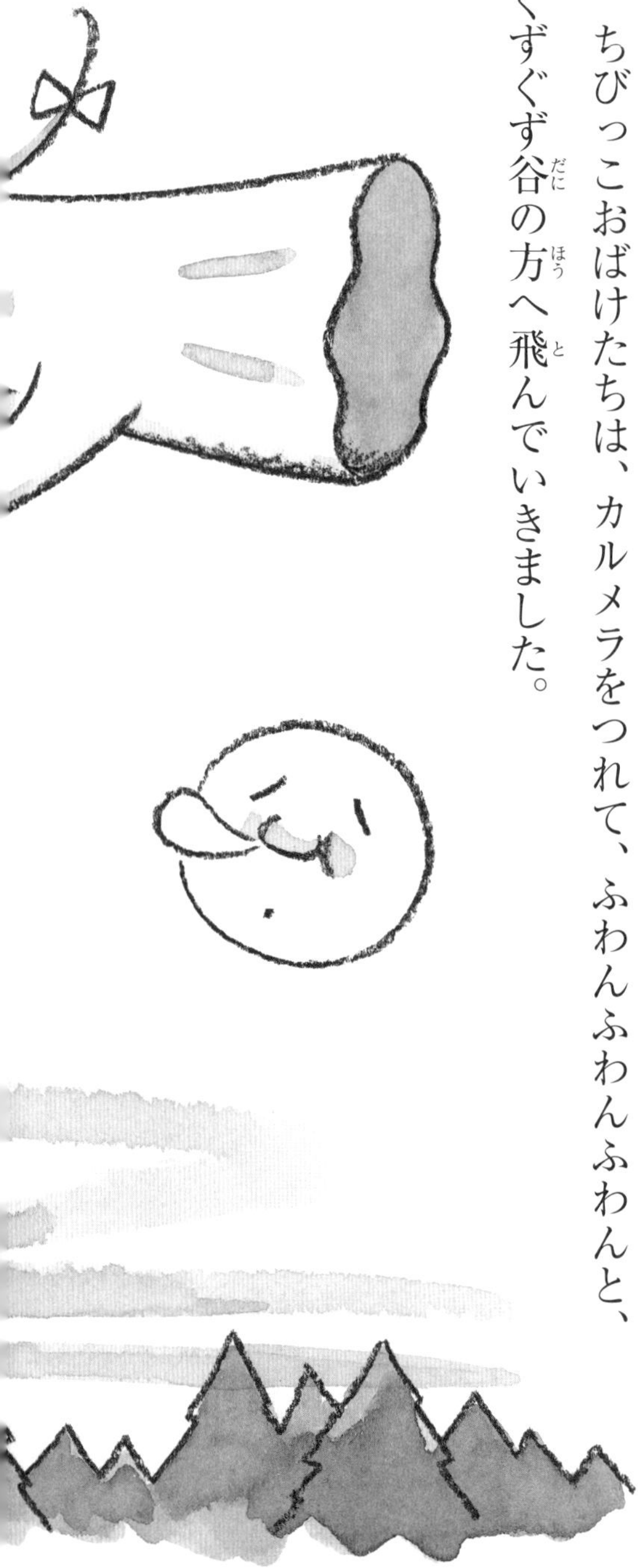

魔女《まじょ》のオバタンは、月明《つきあ》かりの下《した》にテーブルを出《だ》して、お茶《ちゃ》の用意《ようい》をしたところでした。

やせるこうかのあるハーブティーを、大《おお》きなマグカップにそそいで、ふと見《み》ると、カップの中《なか》に茶柱《ちゃばしら》が一本《ぽん》立《た》っています。

「おんや？　だれか、知《し》らないお客《きゃく》がやってくるぞ。」

そうつぶやいたとたん、ちびっこおばけたちが
カルメラをつれておりたちました。

「グー！　魔女《まじょ》のオバタン、こんばんは！」

「この子《こ》は、半分吸血女《はんぶんきゅうけつおんな》のカルメラちゃんっス！」

「オバタンにおねがいがあって、きたッピ！」

ちびっこおばけたちが口々《くちぐち》にいうと、オバタンは、じろりとカルメラを見《み》て言《い》いました。

「ふうん、やっぱり、茶柱《ちゃばしら》が言《い》ったとおりだね。で、あたしに何《なん》の用《よう》なんだい？」

「あのう、あたし、りっぱな吸血女《きゅうけつおんな》になりたいの。だから、左《ひだり》のお口《くち》にも、きばをつけてほしいの。もしも、そんなことができるんならば……。」

カルメラが、おずおずとおねがいすると、オバタンは、ドカン！

とマグカップを置《お》いて言《い》いました。

「ムカムカッ！　もしも、そんなことができるんならば……だって？

あたしをだれだと思《おも》ってるんだい。おーい！　あたしの
きばコレクションを持《も》ってきておくれ。」

オバタンは、四ひきの使《つか》い魔《ま》たちに言《い》いつけました。

「はい！」

「ほい！」

「へい！」

「ふぇい！」

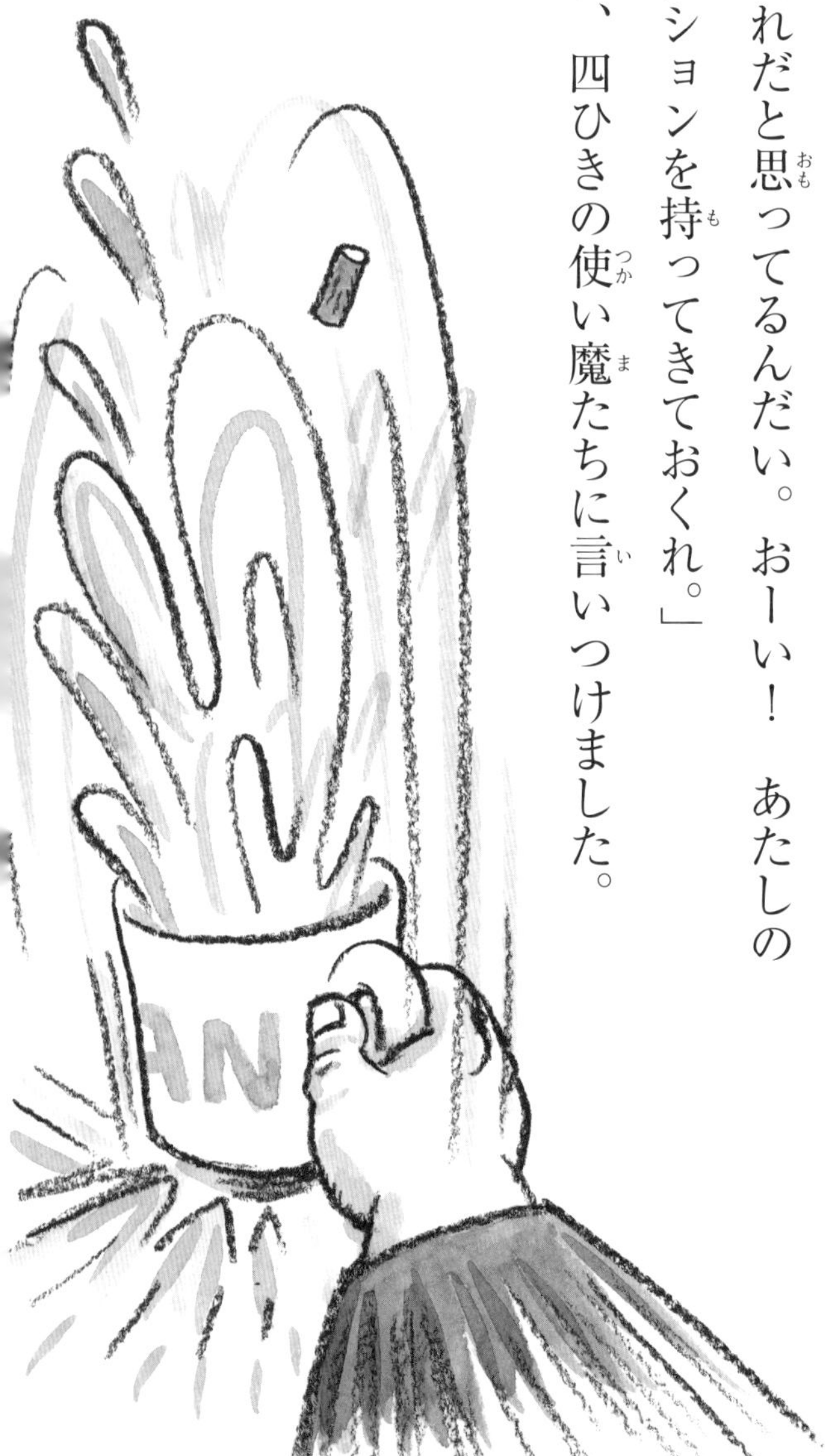

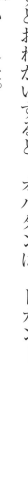

ねこのアカトラと、
とかげのペロリと、
ひきがえるのイボイボと、
こうもりのバッサリは、
どこかへ
すっとんでいくと、
すぐに、みんなで
大《おお》きなつづらを
運《はこ》んできました。

「きばコレ、お待《ま》ち！」

「よしよし。どうだい？　気《き》に入《い》ったきばがあるかい？」

でも、カルメラは
つづらの中《なか》をひと目《め》見《み》て、
「どれも、いやーん！」
と、なき声《ごえ》をあげました。
「やっぱり、こんなきばじゃ
だめかねえ。」

使《つか》い魔《ま》たちは、そのようすを見《み》ていましたが、やがて、ねこのアカトラが、前足《まえあし》をすりすりしながら言《い》いました。

「あのう、オバタン。やっぱり、この子《こ》、左半分《ひだりはんぶん》も、右半分《みぎはんぶん》と同《おな》じようにならないと、りっぱな吸血女《きゅうけつおんな》になるのはむりなんじゃ……？」

「へ？」

魔女《まじょ》のオバタンは、あらためてカルメラの全身《ぜんしん》をながめて言《い》いました。

「それもそうだよ。なーんだ。早《はや》い話《はなし》が、半分変身《はんぶんへんしん》すればいいんじゃないか。」

「えっ？　そんなことができるの？」

カルメラの右《みぎ》の口《くち》もとから、ニュッときばがのぞきました。

「できることはできるけどさ。あんたの
その左半分《ひだりはんぶん》も、なかなかかわいいじゃないか。
ほんとに、その左半分《ひだりはんぶん》を
すてちまっていいのかい？」
オバタンに聞《き》かれると、
カルメラの左《ひだり》のほおには、
いっしゅん、えくぼがうかびました。
でも、カルメラは、言《い》いました。
「だって……、左半分《ひだりはんぶん》もお母《かあ》さまみたいに
なったら、きっとお母《かあ》さまも
よろこんでくれるだろうし……。」

「ほんとに、いいんだね。ようし！　そんなら、やってやろうじゃないか。だがね……半分《はんぶん》だけ変身《へんしん》するのは、むずかしいんだよ。」

「なんでもやります。おねがいします！」

カルメラは、オバタンに取《と》りすがって言《い》いました。

「そうかい。じゃあ、あたしがこれから言《い》うものを、次《つぎ》の満月《まんげつ》までに、集《あつ》めてくるんだ。」

「はい！」

「まずは、とうめい人間《にんげん》の左《ひだり》のくつ。」

「ええっ、とうめい人間《にんげん》の？」

カルメラはおどろいて聞《き》きかえしました。

「そうだよ。それから、がいこつの左《ひだり》のてぶくろ。」

「それから、人魚《にんぎょ》の左《ひだり》の鼻《はな》ピアスと耳《みみ》ピアス。」

「それから、おおかみ男《おとこ》のめがねの左半分《ひだりはんぶん》。」

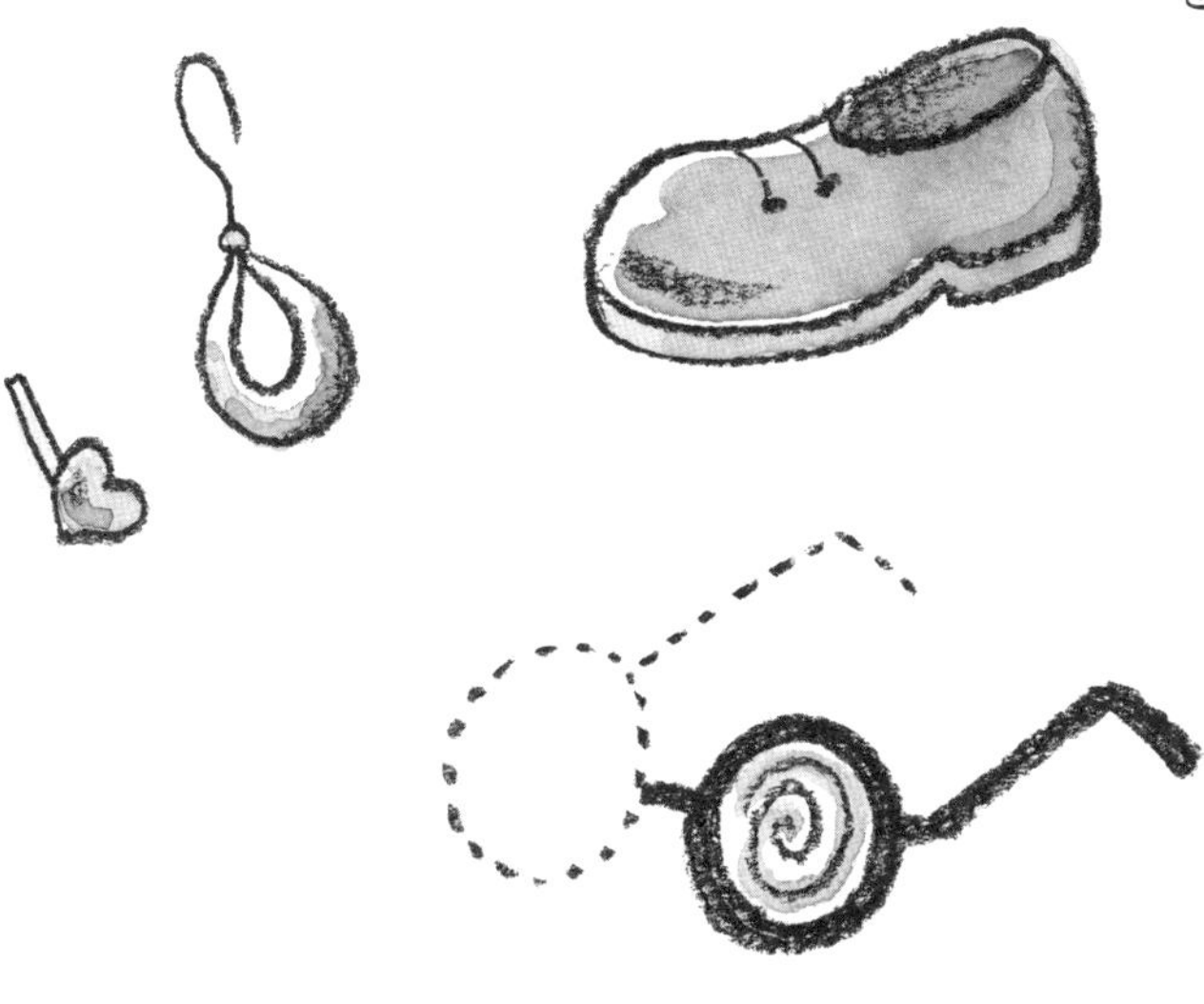

オバタンが次々《つぎつぎ》にならべたてると、
カルメラは、なきだしそうになりました。
「むりよ！　そんなの、
集《あつ》められっこない！」
でも、ちびっこおばけたちは、言《い》いました。
「まかせといて！　あたしたちが集《あつ》めてあげる！」
「ほんと？　ありがとう、グーちゃん、スーちゃん、ピーちゃん！」
ところが、オバタンは、またもや、ドン！　とマグカップを
テーブルに置《お》いてどなりました。
「よろこぶのは、まだ早《はや》い！　最後《さいご》に、三十人《にん》の女《おんな》の子《こ》のおばけから
左側《ひだりがわ》の髪《かみ》の毛《け》を一本《ぽん》ずつ、集《あつ》めてくるんだ！」

グエー？
スカー？
ピー？
三十人の女の子のおばけから？

こんどは、ちびっこおばけたちが、びっくりです。
ぞくぞく村には、そんなにおおぜい、女の子のおばけがいないッス！

いなけりゃ生みだすまでだ！
TAN
え？たまごみたいに生みだすの？
なに言ってるんだ
分身の術で生みだすのだ！

ズズズッ
お〜〜〜
やんや、やんや！
さーすが
オバタン！

「分身《ぶんしん》の術《じゅつ》は、ものすごーくむずかしいんだ。だけど、まじめに修行《しゅぎょう》する気《き》があるんなら、教《おし》えてやらないでもないよ。」

オバタンは、ふんぞりかえって、カルメラに言《い》いました。

すると、カルメラは、オバタンのマグカップに、ちょっと左手《ひだりて》をそえました。

「分身《ぶんしん》の術《じゅつ》って、こんなのかしら？」

すると、どうでしょう。

マグカップは、テーブルの上《うえ》から落《お》っこちそうなほど、たくさんにふえていました。

「へ？」

魔女《まじょ》のオバタンの目《め》は、飛《と》びだしそうになりました。

「あたしのお父《とう》さまは、
忍者《にんじゃ》の家系《かけい》だったみたい。
だから、左手《ひだりて》を使《つか》うと、ときどき、
こんなふうになっちゃうの。」
カルメラは、左《ひだり》のほおに
えくぼを浮《う》かべて言《い》いました。
魔女《まじょ》のオバタンは、まだ
信《しん》じられないというように、
マグカップを手《て》に取《と》って、
ひっくりかえしたり、
日《ひ》にすかしたりしています。

「でも、あたし、
ふやすことはできても、
もとにはもどせないの。
こないだも、お母《かあ》さま愛用《あいよう》の
きばブラシをもう一本《ぽん》、
出《だ》してあげようとしたら、
洗面所《せんめんじょ》がきばブラシだらけに
なって、おこられちゃった。」
カルメラは、ほおを
ふくらませてから、
ちろっと舌《した》を出《だ》しました。

「そうだろう、そうだろう。もとにもどすことができてこその分身《ぶんしん》の術《じゅつ》だからな！」

魔女《まじょ》のオバタンは、また、ふんぞりかえって言《い》いました。

「魔女《まじょ》のオバタン！　ぜひ、分身《ぶんしん》の術《じゅつ》を教《おし》えてくださいな。あたし、水《みず》くみでも、なんでもしますから！」

カルメラは、またもやオバタンに取《と》りすがりました。

「そうかい。それじゃあ、とりあえず、このマグカップを全部《ぜんぶ》あらっておくれ！」

「はいはい、はーい！　よろこんで！」

カルメラは、いそいそと、マグカップを台所《だいどころ》に運《はこ》んでいきました。

カルメラは、
次《つぎ》の夜《よる》から毎晩《まいばん》、
魔女《まじょ》のオバタンのところに
通《かよ》って、分身《ぶんしん》の術《じゅつ》を
教《おし》えてもらうように
なりました。

ドラキュラ城《じょう》から、
オバタンの家《いえ》がある
ぐずぐず谷《だに》までは遠《とお》いので、
ドラキュラの息子《むすこ》のニンニンが、
自転車《じてんしゃ》でカルメラをおくりむかえしてくれました。

ときどきは、
ドラキュラが
大《おお》こうもりに
変身《へんしん》して、
カルメラを
つれていって
くれることも
ありました。

まんまるお月《つき》さまも、
少《すこ》しずつやせ細《ほそ》っていき、
やがて糸《いと》のようになって、
また一晩《ばん》ごとに
ふとっていきました。

魔女《まじょ》のオバタンも、うれしそうです。
「ヤッパ、あたしの教《おし》え方《かた》がうまいんだね。
このぶんじゃ、あんた、
次《つぎ》の満月《まんげつ》までには、りっぱに
分身《ぶんしん》の術《じゅつ》が覚《おぼ》えられそうだよ。」
「ほんと？　うれしい！
次《つぎ》の満月《まんげつ》にはお母《かあ》さまが
帰《かえ》ってくるの。
あたしのすがたを見《み》て、
さぞびっくりするわ。」
カルメラの右《みぎ》の口《くち》もとからは、きばがニューーッ！

ちびっこおばけたちも、もちろん、カルメラのために、ぞくぞく村中《むらじゅう》かけずりまわって、オバタンに言《い》われたものを集《あつ》めました。

「まずは、とうめい人間《にんげん》の左《ひだり》のくつッス。」

ちびっこおばけたちは、ドッキリひろばのブティック「びっくり箱《ばこ》」に行《い》って、とうめい人間《にんげん》のサムガリーさんから、はきふるした左《ひだり》のくつだけをもらってきました。

「それから、がいこつの左《ひだり》のてぶくろッピ！」

ちびっこおばけたちは、墓石《はかいし》の下《した》のアパート「コーポぞくぞく」に行《い》って、がいこつガチャさんに、左《ひだり》のてぶくろをもらってきました。

「ググ！　それから、人魚《にんぎょ》の左側《ひだりがわ》の鼻《はな》ピアスと耳《みみ》ピアス。」

「人魚《にんぎょ》っていえば、上半身《じょうはんしん》が人間《にんげん》。下半身《かはんしん》がおさかなのことッス。」

「それじゃ、ぬるぬる池《いけ》の妖精《ようせい》レロレロさんッピ。」

ちびっこおばけたちは、レロレロさんのところに行《い》きました。

「あら、あたし、耳《みみ》のピアスは
たくさん持《も》っているけど、ふだん、
鼻《はな》ピアスはしないのよ。」
レロレロさんは言《い》いました。
でも、ちびっこおばけたちが、
カルメラのことを話《はな》すと、
池《いけ》の中《なか》じゅうさがしてくれました。
「ああ、あったわ。一度《ど》したっきり
だけど、これでよかったら、どうぞ。」
ちびっこおばけたちは、
よろこんでもらって帰《かえ》りました。

「さあ、あとは、おおかみ男《おとこ》の
めがねの左半分《ひだりはんぶん》を
もらってくればいいッス！」
ちびっこおばけたちは、歯医者《はいしゃ》の
チクチク先生《せんせい》のところに行《い》きました。
満月《まんげつ》でないときのチクチク先生《せんせい》は、
やさしくてうでのいい歯医者《はいしゃ》さんです。
ちびっこおばけたちが
わけを話《はな》すと、
今《いま》は使《つか》っていないめがねを
半分《はんぶん》に折《お》ってくれました。

「わあい！　これで、オバタンに言《い》われたものは、全《ぜん》部《ぶ》集《あつ》めたッピ！」

「あとは、三十人《にん》のおばけの女《おんな》の子《こ》の髪《かみ》の毛《け》ッス。」

「ググ！　カルメラちゃん、分身《ぶんしん》の術《じゅつ》、うまくできるようになったかな。」


いよいよ満月《まんげつ》の夜《よる》になりました。

「ほんとに、うまくいくかしら。」

カルメラは、きんちょうしてふるえています。

「さあ、あたしが教《おし》えたとおり、やってみな。

カルメラ、あんたはできる！」
魔女《まじょ》のオバタンは、ドン！ と
カルメラの背中《せなか》をどやしました。
カルメラは、
ちびっこおばけたちに近《ちか》づくと、
「ブックサ ブックサ……」と
じゅもんをとなえながら、
一人《ひとり》ひとり、
左手《ひだりて》で引《ひ》きよせて、
ハグしていきました。
すると、どうでしょう。

たちまち、
グーちゃん、
スーちゃん、
ピーちゃんが
十人《にん》ずつになって、
ぐずぐず谷《だに》を、
ふわんふわん、
キャピキャピ
飛《と》びまわりはじめたでは
ありませんか。

カルメラや、オバタンの使《つか》い魔《ま》たちは、あわてて、ちびっこおばけたちを追《お》いかけて、左側《ひだりがわ》の髪《かみ》の毛《け》を一本《ぽん》ずつ、もらってきました。でも、みんな同《おな》じように見《み》えるので、大混乱《だいこんらん》！

なんとか一人《ひとり》ひとりから、一本《ぽん》ずつ髪《かみ》の毛《け》をもらったときは、お月《つき》さまは、すっかり空《そら》のま上《うえ》にのぼっていました。

「やったぞ！　前《まえ》に集《あつ》めたものは大《おお》なべでにこんであるから、そこへぶちこむぞ。そのあいだに、カルメラは、ちびっこおばけたちをもとにもどしておくんだよ。ぐずぐずしてると、もとにもどらなくなるぞ。」

魔女《まじょ》のオバタンは、大《おお》なべの中《なか》にちびっこおばけたちの髪《かみ》の毛《け》を
ぱらぱらと入《い》れ、じゅもんをとなえながら、かきまぜはじめました。
カルメラはあわてて、また、ちびっこおばけたちを
追《お》いかけはじめました。
「うわ、たいへん！　もとにもどすにはね、ほんもののグーちゃん、
スーちゃん、ピーちゃんを見《み》つけて、さっきのように
ハグしながら、じゅもんをさかさまに言《い》うのよ。」
「わあ、ほんもののはどれニャン？」
「みんなで見《み》つけるだバサ。」
四ひきの使《つか》い魔《ま》たちもてつだって、ようやく
ほんもののちびっこおばけたちをさがしだしました。

そうして、カルメラがさかさ分身《ぶんしん》の術《じゅつ》で
ちびっこおばけたちを、もとの三人《にん》に
もどしたころには、オバタンの
大《おお》なべの中《なか》も、かなりどろどろに、
につまってきていました。
「グー！　すごいね、
カルメラちゃん。」
「もうすぐ、左《ひだり》の半分《はんぶん》も
右《みぎ》とおんなじになれるッス！」
「あたしたちも、ぶじ、
もとにもどれて、よかったッピ！」

ちびっこおばけたちも、
ほっとして言《い》いました。
「よっしゃー！
カルメラ、よくやった！
さあ、これに月明《つきあ》かりを
たっぷりうけて、
ググーッと飲《の》むのだ。」
魔女《まじょ》のオバタンは、
大《おお》なべの中《なか》のものを
どんぶりにいっぱい入《い》れて、
カルメラにわたしました。

「ありがとう、魔女《まじょ》のオバタン。
ちびっこおばけたち。
これで、あたしも、
お母《かあ》さまとおんなじような
すがたになれるわ。」
カルメラは、どんぶりをうけとって、
まんまるお月《つき》さまの方《ほう》に
さしだしました。でも、気《き》のせいか、
カルメラの左《ひだり》半《はん》分《ぶん》の表情《ひょうじょう》は悲《かな》しそうです。
お月《つき》さまを見《み》あげたカルメラが、
ふとつぶやきました。

「あ、うさぎが
おもちをついてる……。」

ちびっこおばけたちがまんまるお月《つき》さまを見《み》あげると、カルメラは言《い》いました。

「お父《とう》さまの国《くに》では、お月《つき》さまにはうさぎがすんでいて、おもちをついていると言《い》うんですって。お母《かあ》さまは、血《ち》にうえたおおかみにしか見《み》えないって言《い》うんだけど……。」

すると、ちびっこおばけたちはお月《つき》さまを見《み》て、口々《くちぐち》にさけびました。

「グー！　うさぎだ！」

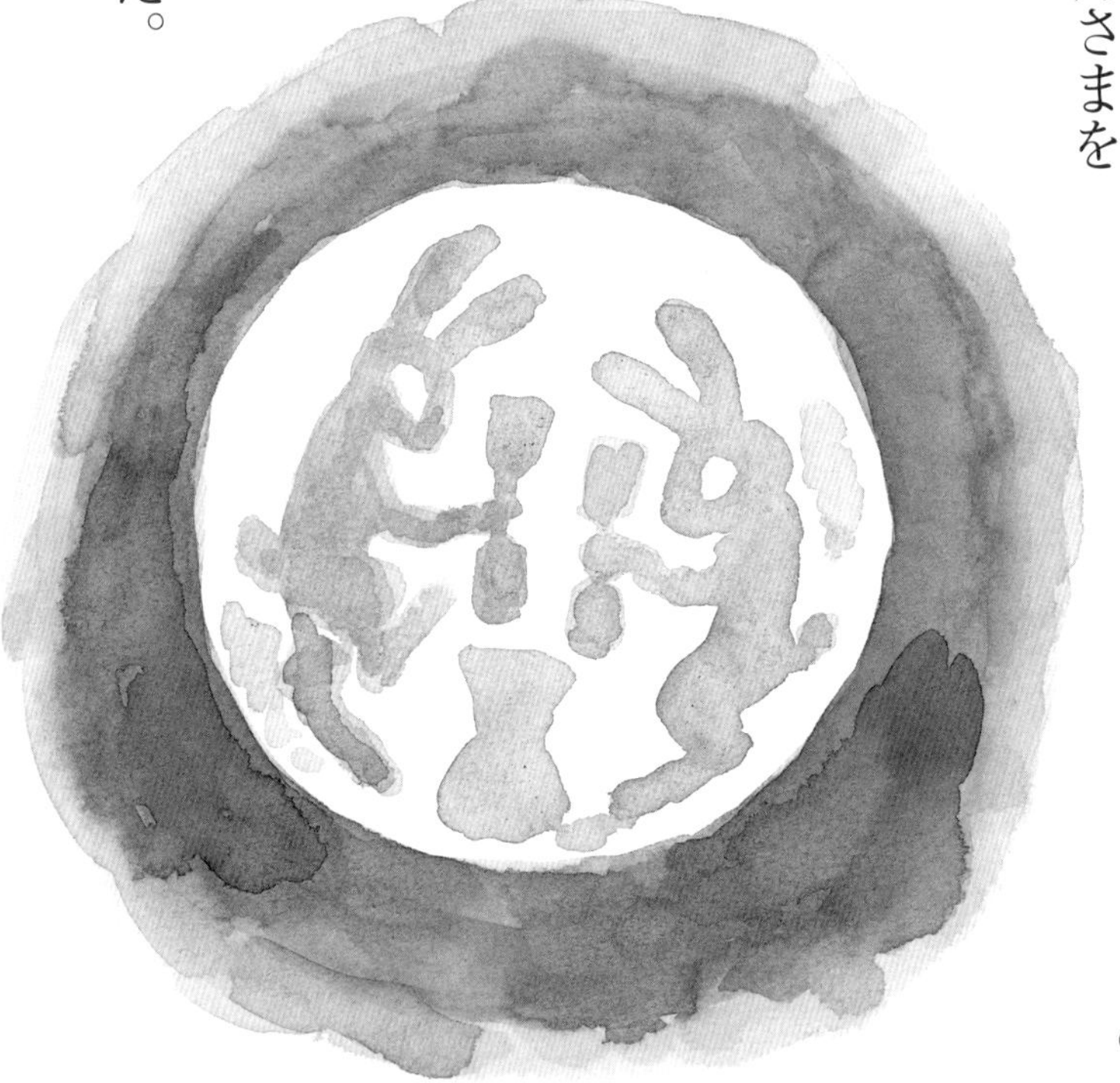

「うさぎがおもちをついてるッス！」

「今《いま》まで気《き》がつかなかったッピ！」

「お父《とう》さまの国《くに》ではね、こんな満月《まんげつ》の秋《あき》の晩《ばん》は、まんまるおだんごをそなえて、みんなでお月《つき》さまをながめながら、ごちそうを食《た》べたり、歌《うた》ったりする風習《ふうしゅう》があるんですって……。」

「へえ、そりゃいいねえ。」

魔女《まじょ》のオバタンが感心《かんしん》して、言《い》いました。

「さ、それじゃいよいよ飲《の》むわよ。」

カルメラがどんぶりを口《くち》に近《ちか》づけたときでした。

まんまるお月《つき》さまをかすめて、バサバサーッと、一ぴきの大《おお》こうもりが飛《と》んできたかと思《おも》うと、

裏庭《うらにわ》におりたちました。

とたんに、大《おお》こうもりは、女《おんな》の人《ひと》のすがたに変《か》わりました。

「ああっ、お母《かあ》さま！」

カルメラは、さけびました。

「カルメラちゃん、ただいま！」

カルメラの右半分《みぎはんぶん》にそっくりな女《おんな》の人《ひと》は、そう言《い》って、
カルメラをだきしめました。
そう、それは、カルメラのお母《かあ》さんの吸血女《きゅうけつおんな》カーミラでした。

「お母《かあ》さま、新《しん》こん旅行《りょこう》は
どうだった？」
カルメラがたずねると、
カーミラは首《くび》をふって言《い》いました。
「ふふ、また失敗《しっぱい》しちゃった。
思《おも》わず、相手《あいて》の
首《くび》すじにくらいついて
しまってね。
それより、カルメラ、
こんなところで
なにしてたの？」

そこで、魔女《まじょ》のオバタンが、一歩《ぽ》進《すす》みでて言《い》いました。
「ウッホン！　この子《こ》が、あんたみたいなりっぱな吸血女《きゅうけつおんな》に
なりたいって言《い》うんでね。左半分《ひだりはんぶん》も右半分《みぎはんぶん》と同《おな》じように
してあげるところなんだよ。」
「そうなの、お母《かあ》さま。あたし、お母《かあ》さまが帰《かえ》ってくるまでには、
りっぱな吸血女《きゅうけつおんな》になっていたかったの。」

カルメラがいうと、カーミラは、またもや首《くび》をはげしくふりました。

「なんておバカちゃん。あなたは、今《いま》のままで、とってもすてきなのに。あなたの左半分《ひだりはんぶん》は、あたしが大好《だいす》きだったあなたのお父《とう》さまに生《い》きうつし。それをなくしてしまうなんて、おバカちゃんよ。」

それを聞《き》いたカルメラはどんぶりをわきにおいて言《い》いました。

「ええ、お母《かあ》さま。あたしも、左半分《ひだりはんぶん》が好《す》きになってきたところだったの。お父《とう》さまのこともわすれたくないし……。やっぱり、あたし、このままでいるわ。」

カーミラはうなずいて、カルメラを、マントの中《なか》に引《ひ》きよせました。

「そう。いい子《こ》ね。さ、いっしょに帰《かえ》りましょ。」

すると、カルメラは母親《ははおや》の手《て》を、そっとふりほどいて言《い》いました。

「いいえ、お母《かあ》さま、あたし、まだ帰《かえ》らないわ。」

「なんですって?」

カーミラはおどろいて、カルメラを見《み》つめました。
赤《あか》い髪《かみ》が、ほのおのようにさかだっています。
「ごめんなさい、お母《かあ》さま。あたし、今《いま》まで
お母《かあ》さまのようにりっぱな吸血女《きゅうけつおんな》になれないのは、
左半分《ひだりはんぶん》のせいだと思《おも》ってたの。
……でも、左半分《ひだりはんぶん》にもすてきな力《ちから》があるんだって
わかったから……だから、魔女《まじょ》のオバタンに
弟子入《でしい》りして、もっと魔法《まほう》の勉強《べんきょう》をしたいの。」
カーミラの真《ま》っ赤《か》な瞳《ひとみ》の中《なか》では、めらめらとほのおが
燃《も》えたっていましたが、やがて、そのほのおがおさまると、
カーミラは言《い》いました。

「わかったわ。カルメラ。吸血女《きゅうけつおんな》というのはね、
そうときめたら、どこまでもくらいついていくのよ。
がんばって！」
「ありがとう、大《だい》好《す》きなお母《かあ》さま。」

「それじゃ、みなさん、この子《こ》を
よろしくおねがいします。」

カーミラは、マントを
一ふり、ふたふり。
たちまち、大《おお》こうもりに
変身《へんしん》して、夜空《よぞら》に
飛《と》びたっていきました。

こうもりが満月《まんげつ》にすいこまれるように
消《き》えていくと、魔女《まじょ》のオバタンが
さけびました。
「よっしゃー！
それじゃ今《いま》から、
お月見《つきみ》パーティーだ！」
オバタンはじゅもんで、
まんまるおだんごを
ドドン！　と出《だ》しました。
　そこへニンニンが
やってきました。

「わあ、なんだか楽《たの》しそう！
なにがはじまるの？」
「お月見《つきみ》パーティー！
グー、スー、ピー！」
「わーい、いいねー！」
ぐずぐず谷《だに》に、みんなの歓声《かんせい》が
ひびきわたりました。

♥「わしがあげた鼻《はな》ピアス、レロレロさん愛用《あいよう》してくれてるかな？」（おしゃれおばけのおじいさん）

ぞくぞく村《むら》だより17号《ごう》

カルメラ監修《かんしゅう》
魔法少女《まほうしょうじょ》特集《とくしゅう》

◆発行所《はっこうじょ》◆
ぞくぞく村《むら》広報室《こうほうしつ》

カルメラからお母《かあ》さまへのお手紙大公開《てがみだいこうかい》！

お母《かあ》さま
あたしはぞくぞく村《むら》で元気《げんき》に
魔女修行《まじょしゅぎょう》をしていま〜す！
ホームステイをしている
ドラキュラ城《じょう》は広《ひろ》いので、
魔法《まほう》の練習《れんしゅう》にはちょうどいいの。
あたしの魔法《まほう》は、
ニンニンもびっくりするほど
じょうずになりました。
お母《かあ》さまにも見《み》せたいです。
カルメラより

でもじつは…
ニンニンに
見《み》られちゃった!! 大失敗《だいしっぱい》！

べろべろの実《み》で薬《くすり》を作《つく》ろうとしたら…。

まくらに乗《の》って飛《と》ぼうとしたら…！？

じゅもんをおぼえようとして舌《した》がからまった！

♪こんどは満月《まんげつ》ライブだ〜！ ゴブリンさんとこの七つ子《ご》もよんじゃおう！（グー、スー、ピー）

おたよりください ▼あてさき▼〒一〇一−〇〇六五 東京都千代田区西神田三−二−一 あかね書房「ぞくぞく村」係

オバタンのきばコレ拝見《はいけん》！

泣《な》いた赤鬼《あかおに》のきば
ひとかけら飲《の》むだけで
泣《な》きじょうごになれる。

カミツキナメクジのきば
口《くち》にはめたら最後《さいご》
何《なん》にでもかみつく。

チェリー・キバキバの ぬけたきば
せんじて飲《の》むとオシャレに！

《★カルメラちゃんファッションはいかが!?★》

ブティック「びっくり箱《ばこ》」に買《か》いにきてね

スキーフィギュア

ドレスきもの

スカートズボン

ぞくぞく 美《び》術《じゅつ》館《かん》

にがお絵展《えてん》 かいさい中《ちゅう》!! 作品《さくひん》もぼしゅう中《ちゅう》!!

ピカピカ かぼちゃ怪人
東京都・さらさん

ちびっこ みずぎ
鹿児島県・小春さん

オバタンの家《いえ》では…

せっかく作《つく》った
この「半分変身《はんぶんへんしん》」の薬《くすり》、
おまえたち飲《の》んでみるかい？
どうなるか
知《し》らないけど…。

作者　**末吉暁子**（すえよし　あきこ）

神奈川県生まれ。児童図書の編集者を経て、創作活動に入る。『星に帰った少女』（偕成社）で日本児童文学者協会新人賞、日本児童文芸家協会新人賞受賞。『ママの黄色い子象』（講談社）で野間児童文芸賞、『雨ふり花さいた』（偕成社）で小学館児童出版文化賞、『赤い髪のミウ』（講談社）で産経児童出版文化賞フジテレビ賞受賞。長編ファンタジーに『波のそこにも』（偕成社）が、シリーズ作品に「きょうりゅうほねほねくん」「くいしんぼうチップ」（共にあかね書房）など多数がある。垂石さんとの絵本に『とうさんねこのたんじょうび』（ＢＬ出版）がある。2016年没。

画家　**垂石眞子**（たるいし　まこ）

神奈川県生まれ。多摩美術大学卒業。絵本に『ライオンとぼく』（偕成社）、『おかあさんのおべんとう』（童心社）、『もりのふゆじたく』『きのみのケーキ』『あたたかいおくりもの』『あいうえおおきなだいふくだ』『あついあつい』（以上福音館書店）、『メガネをかけたら』（小学館）、『わすれたって、いいんだよ』（光村教育図書）、『けんぽうのえほん　あなたこそたからもの』（大月書店）などがある。挿絵の作品に『かわいいこねこをもらってください』（ポプラ社）など多数。日本児童出版美術家連盟会員。

垂石眞子ホームページ
http://www.taruishi-mako.com/

ぞくぞく村のおばけシリーズ⑰　**ぞくぞく村の魔法少女カルメラ**

発　行＊2013年7月第1刷　2020年12月第7刷　　NDC913　79P　22cm
作　者＊**末吉暁子**　画　家＊**垂石眞子**
発行者＊岡本光晴
発行所＊**株式会社あかね書房**　〒101-0065 東京都千代田区西神田3-2-1
電話 03-3263-0641（営業）　03-3263-0644（編集）
http://www.akaneshobo.co.jp
印刷所＊錦明印刷株式会社　製本所＊株式会社難波製本

©A.Sueyoshi, M.Taruishi 2013／Printed in Japan
ISBN978-4-251-03657-5
落丁本・乱丁本はおとりかえします。定価はカバーに表示してあります。

ぞく村
おしゃれおばけの家
びよびよ丘
オバタンの家
もじゃもじゃ原っぱ
ミイラのラムさん
ブヨブヨの木
ゴブリンの家
とんとん橋
おばけかぼちゃ畑
吸血鬼の家
ぱかぱか森
ふさふさ川